OBSERVATIONS

DE

JEAN-JACQUES ROUSSEAU,

DE GENEVE.

Sur la Réponse qui a été faite à son Discours.

M. DCC. LI.

OBSERVATIONS

DE

JEAN-JACQUES ROUSSEAU,

DE GENEVE.

Sur la Réponse qui a été faite à son Discours.

J E devrois plutôt un remercîment qu'une réplique à l'Auteur Anonyme, qui vient d'honorer mon Discours d'une Réponse. Mais ce que je dois à la reconnoissance ne me fera point oublier ce que je dois à la vérité; & je n'oublierai pas, non plus, que toutes les fois qu'il est question de raison, les hommes rentrent dans le droit de la Nature, & reprennent leur premiére égalité.

Le Difcours auquel j'ai à répliquer eft plein de chofes très-vraies & très-bien prouvées, aufquelles je ne vois aucune Réponfe : car quoique j'y fois qualifié de Docteur, je ferois bien faché d'être au nombre de ceux qui fçavent répondre à tout.

Ma défenfe n'en fera pas moins facile. Elle fe bornera à comparer avec mon fentiment les vérités qu'on m'objecte ; car fi je prouve qu'elles ne l'attaquent point, ce fera, je crois, l'avoir affez bien défendu.

Je puis réduire à deux points principaux, toutes les Propofitions établies par mon Adverfaire ; l'un renferme l'éloge des Sciences ; l'autre traite de leur abus. Je les examinerai féparément.

Il semble au ton de la Réponse, qu'on seroit bien aise que j'eusse dit des *Sciences* beaucoup plus de mal que je n'en ai dit en effet. On y suppose que leur éloge qui se trouve à la tête de mon Discours, a dû me coûter beaucoup; c'est, selon l'Auteur, un aveu arraché à la vérité & que je n'ai pas tardé à rétracter.

Si cet aveu est un éloge arraché par la vérité, il faut donc croire que je pensois des *Sciences* le bien que j'en ai dit; le bien que l'Auteur en dit lui-même n'est donc point contraire à mon sentiment. Cet aveu, dit-on, est arraché par force : tant mieux pour ma cause ; car cela montre que la vérité est chez moi plus forte que le penchant. Mais sur quoi peut-on juger que cet éloge est forcé? Seroit-ce pour être mal fait ? ce seroit intenter un procès bien terrible à la sincérité des Auteurs,

que d'en juger ſur ce nouveau prin-
cipe. Seroit-ce pour être trop court?
Il me ſemble que j'aurois pû facile-
ment dire moins de choſes en plus de
pages. C'eſt, dit-on, que je me ſuis
rétracté; j'ignore en quel endroit j'ai
fait cette faute; & tout ce que je puis
répondre, c'eſt que ce n'a pas été
mon intention.

La Science eſt très-bonne en ſoi,
cela eſt évident; & il faudroit avoir
renoncé au bon ſens, pour dire le contraire. L'Auteur de toutes choſes eſt
la ſource de la vérité; tout connoître
eſt un de ſes divins attributs. C'eſt
donc participer en quelque ſorte à la
ſuprême intelligence, que d'acquérir
des connoiſſances & d'étendre ſes lumiéres. En ce ſens j'ai loüé le ſçavoir,
& c'eſt en ce ſens que le loüe mon
Adverſaire. Il s'étend encore ſur les
divers genres d'utilité que l'Homme

peut retirer des Arts & des Sciences; & j'en aurois volontiers dit autant, si cela eût été de mon sujet. Ainsi nous sommes parfaitement d'accord en ce point.

Mais comment se peut-il faire, que les Sciences dont la source est si pure & la fin si loüable, engendrent tant d'impiétés, tant d'hérésies, tant d'erreurs, tant de systêmes absurdes, tant de contrariétés, tant d'inepties, tant de Satyres ameres, tant de misérables Romans, tant de Vers licentieux, tant de Livres obscènes; & dans ceux qui les cultivent, tant d'orgueil, tant d'avarice, tant de malignité, tant de cabales, tant de jalousies, tant de mensonges, tant de noirceurs, tant de calomnies, tant de lâches & honteuses flatteries? Je disois que c'est parce que la Science toute belle, toute sublime quelle est n'est, point faite pour l'homme ; qu'il a l'esprit trop borné pour y faire de grands progrès , & trop de passions dans le cœur pour n'en pas faire un mauvais usage ; que c'est assez pour lui de bien étudier ses devoirs , & que chacun a reçu toutes les lumiéres dont il a besoin pour cette étude. Mon Adversaire avoüe de son côté que les Sciences deviennent nuisibles quand on en abuse , & que plusieurs en abusent en effet. En cela , nous ne disons pas , je crois , des choses fort différentes ; j'ajoûte , il est vrai , qu'on en abuse beaucoup , & qu'on en abuse toûjours , & il ne me semble pas que dans la Réponse on ait soutenu le contraire.

Je peux donc assurer que nos principes ; & par conséquent , toutes les propositions qu'on en peut déduire n'ont rien d'opposé , & c'est ce que j'avois à prouver. Cependant , quand

nous venons à conclurre, nos deux conclufions fe trouvent contraires. La
mienne étoit que, puifque les Sciences
font plus de mal aux mœurs que de bien
à la fociété, il eut été à défirer que les
hommes s'y fuffent livrés avec moins
d'ardeur. Celle de mon Adverfaire eft
que, quoique les Sciences faffent beaucoup de mal, il ne faut pas laiffer de
les cultiver à caufe du bien qu'elles
font. Je m'en rapporte, non au Public,
mais au petit nombre des vrais Philofophes, fur celle qu'il faut préférer de
ces deux conclufions.

Il me refte de legéres Obfervations
à faire, fur quelques endroits de cette
Réponfe, qui m'ont paru manquer un
peu de la juftefle que j'admire volontiers dans les autrés, & qui ont pû
contribuer par-là à l'erreur de la con-
féquence que l'Auteur en tire.

L'ouvrage commence par quelques

personnalités que je ne releverai qu'autant qu'elles seront à la question. L'Auteur m'honore de plusieurs éloges, & c'est assurément m'ouvrir une belle carriére. Mais il y a trop peu de proportion entre ces choses : un silence respectueux sur les objets de notre admiration, est souvent plus convenable, que des loüanges indiscrettes. *

Mon discours, dit-on, a de quoi

---

* Tous les Princes, bons & mauvais, seront toûjours bassement & indifféremment loüés, tant qu'il y aura des Courtisans & des Gens de Lettres. Quant aux Princes qui sont de grands Hommes, il leur faut des éloges plus modérés & mieux choisis. La flaterie offense leur vertu, & la loüange même peut faire tort à leur gloire. Je sçais bien, du moins, que Trajan seroit beaucoup plus grand à mes yeux, si Pline n'eût jamais écrit. Si Alexandre eût été en effet ce qu'il affectoit de paroître, il n'eût point songé à son portrait ni à sa Statuë ; mais pour son Panégyrique, il n'eût permis qu'à un Lacédémonien de le faire, au risque de n'en point avoir. Le seul éloge digne d'un Roy, est celui qui se fait entendre, non par la bouche mercénaire d'un Orateur, mais par la voix d'un Peuple libre.

furprendre; (*a*) il me femble que ceci demanderoit quelque éclairciffement. On eft encore furpris de le voir couronné; ce n'eft pourtant pas un prodige de voir couronner de médiocres écrits. Dans tout autre fens cette furprife feroit auffi honorable à l'Académie de Dijon, qu'injurieufe à l'intégrité des Académies en général; & il eft aifé de fentir combien j'en ferois le profit de ma caufe.

On me taxe par des Phrafes fort agréablement arrangées de contradiction entre ma conduite & ma

(*a*) C'eft de la queftion même qu'on pourroit être furpris : grande & belle queftion s'il en fût jamais, & qui pourra bien n'être pas fi-tôt renouvellée. L'Académie Françoife vient de propofer pour le prix d'éloquence de l'année 1752. un fujet fort femblable à celui-là. Il s'agit de foûtenir que *l'Amour des Lettres infpire l'amour de la vertu.* L'Académie n'a pas jugé à propos de laiffer un tel fujet en problême; & cette fage Compagnie a doublé dans cette occafion le tems quelle accordoit ci-devant aux Auteurs, même pour les fujets les plus difficiles.

doctrine ; on me reproche d'avoir cultivé moi - même les études que je condamne ; (*b*) puifque la Science & la Vertu font incompatibles , comme on prétend que je m'efforce de le prouver , on me demande d'un ton affez preffant comment j'ofe employer l'une en me déclarant pour l'autre.

Il y a beaucoup d'adreffe à m'impliquer ainfi moi-même dans la queftion ; cette perfonnalité ne peut manquer de jetter de l'embarras dans ma Réponfe , ou plutôt dans mes Réponfes ; car malheureufement j'en ai plus

____

(*b*) Je ne fçaurois me juftifier , comme bien d'autres , fur ce que notre éducation ne dépend point de nous , & qu'on ne nous confulte pas pour nous empoifonner : c'eft de très-bon gré que je me fuis jetté dans l'étude ; & c'eft de meilleur cœur encore que je l'ai abandonnée , en m'appercevant du trouble qu'elle jettoit dans mon ame fans aucun profit pour ma raifon. Je ne veux plus d'un métier trompeur , où l'on croit beaucoup faire pour la fageffe , en faifant tout pour la vanité.

d'une à faire. Tâchons du moins que la justesse y supplée à l'agrément.

1. QUE la culture des Sciences corrompe les mœurs d'une nation, c'est ce que j'ai osé soûtenir, c'est ce que j'ose croire avoir prouvé. Mais comment aurois-je pû dire que dans chaque Homme en particulier la Science & la Vertu sont incompatibles, moi qui ai exhorté les Princes à appeller les vrais Sçavans à leur Cour, & à leur donner leur confiance, afin qu'on voye une fois ce que peuvent la Science & la Vertu réunies pour le bonheur du genre humain? Ces vrais Sçavans sont en petit nombre, je l'avoue; car pour bien user de la Science, il faut réunir de grands talens & de grandes Vertus; or c'est ce qu'on peut ~~à peine~~ espérer de quelques ames privilégiées, mais qu'on ne doit point attendre de tout un peuple. On ne sçauroit donc

conclure de mes principes qu'un homme ne puiſſe être ſçavant & vertueux
tout à la fois.

2. On pourroit encore moins me
preſſer perſonnellement par cette prétenduë contradiction , quand même
elle exiſteroit réellement. J'adore la
Vertu, mon cœur me rend ce témoignage ; il me dit trop auſſi , combien
il y a loin de cet amour à la pratique
qui fait l'homme vertueux ; d'ailleurs,
je ſuis fort éloigné d'avoir de la Science, & plus encore d'en affecter. J'aurois crû que l'aveu ingénu que j'ai fait
au commencement de mon Diſcours
me garantiroit de cette imputation,
je craignois bien plutôt qu'on ne m'ac-
cuſât de juger des choſes que je ne
connoiſſois pas. On ſent aſſez combien
il m'étoit impoſſible d'éviter à la fois
ces deux reproches. Que ſçais-je même , ſi l'on n'en viendroit point à les

réunir, si je ne me hâtois de passer con-
damnation sur celui-ci, quelque peu
mérité qu'il puisse être ?

3. Je pourrois rapporter à ce sujet, ce que disoient les Peres de l'E-
glise des Sciences mondaines qu'ils
méprisoient, & dont pourtant ils se
servoient pour combattre les Philosophes Payens. Je pourrois citer la com-
paraison qu'ils en faisoient avec les va-
ses des Egyptiens volés par les Israé-
lites : mais je me contenterai pour der-
niere Réponse, de proposer cette
question : Si quelqu'un venoit pour me
tuer & que j'eusse le bonheur de me
saisir de son arme, me seroit-il défendu,
avant que de la jetter, de m'en servir
pour le chasser de chez moi ?

Si la contradiction qu'on me reproche n'éxiste pas ; il n'est donc pas né-
cessaire de supposer que je n'ai voulu
que m'égaier sur un frivole paradoxe ;

& cela me paroît d'autant moins né-cessaire, que le ton que j'ai pris, quel-que mauvais qu'il puisse être, n'est pas du moins celui qu'on employe dans les jeux d'esprit.

Il est tems de finir sur ce qui me regarde : on ne gagne jamais rien à parler de soi ; & c'est une indiscrétion que le Public pardonne difficilement, même quand on y est forcé. La vérité est si indépendante de ceux qui l'atta-quent & de ceux qui la défendent, que les Auteurs qui en disputent devroient bien s'oublier réciproquement ; cela épargneroit beaucoup de papier & d'encre. Mais cette régle si aisée à pra-tiquer avec moi, ne l'est point du tout vis-à-vis de mon Adversaire ; & c'est une différence qui n'est pas à l'avan-tage de ma réplique.

L'Auteur observant que j'attaque les Sciences & les Arts, par leurs effets

sur

fur les mœurs, employe pour me répondre le dénombrement des utilités qu'on en retire dans tous les états; c'eſt comme ſi, pour juſtifier un accuſé, on ſe contentoit de prouver qu'il ſe porte fort bien, qu'il a beaucoup d'habileté, ou qu'il eſt fort riche. Pourvû qu'on m'accorde que les Arts & les Sciences nous rendent malhonnêtes gens, je ne diſconviendrai pas qu'ils ne nous ſoient d'ailleurs très-commodes; c'eſt une conformité de plus qu'ils auront avec la plûpart des vices.

L'Auteur va plus loin, & prétend encore que l'étude nous eſt néceſſaire pour admirer les beautés de l'univers, & que le ſpectacle de la nature, expoſé, ce ſemble, aux yeux de tous pour l'inſtruction des ſimples, éxige lui-même beaucoup d'inſtruction dans les Obſervateurs pour en être apperçu. J'avouë que cette propoſition me ſurprend:

B

seroit-ce qu'il est ordonné à tous les hommes d'être Philosophes, ou qu'il n'est ordonné qu'aux seuls Philosophes de croire en Dieu? L'Ecriture nous exhorte en mille endroits d'adorer la grandeur & la bonté de Dieu dans les merveilles de ses œuvres; je ne pense pas qu'elle nous ait prescrit nulle part d'étudier la Physique, ni que l'Auteur de la Nature soit moins bien adoré par moi qui ne sçais rien, que par celui qui connoît & le cédre, & l'hysope; & la trompe de la mouche, & celle de l'Eléphant.

On croit toûjours avoir dit ce que font les Sciences, quand on a dit ce qu'elles devroient faire. Cela me paroît pourtant fort différent: l'étude de l'Univers devroit élever l'homme à son Créateur; je le sçais; mais elle n'éleve que la vanité humaine. Le Philosophe, qui se flate de pénetrer dans les secrets de Dieu, ose associer sa prétenduë sagesse à la sagesse éternelle : il approuve, il blâme, il corrige, il prescrit des loix à la nature, & des bornes à la Divinité ; & tandis qu'occupé de ses vains systêmes, il se donne mille peines pour arranger la machine du monde, le Laboureur qui voit la pluye & le soleil tour à tour fertiliser son champ, admire loüe & bénit la main dont il reçoit ces graces, sans se mêler de la maniére dont elles lui parviennent. Il ne cherche point à justifier son ignorance ou ses vices par son incrédulité. Il ne censure point les œuvres de Dieu, & ne s'attaque point à son maître pour faire briller sa suffisance. Jamais le mot impie d'Alphonse X. ne tombera dans l'esprit d'un homme vulgaire : c'est à une bouche sçavante que ce blasphême étoit reservé.

La curiosité naturelle à l'homme, continuë-t'on, *lui inspire l'envie d'apprendre*. Il devroit donc travailler à la contenir, comme tous ses penchans naturels. *Ses besoins lui en font sentir la néceſſité.* A bien des égards les connoiſſances ſont utiles ; cependant les ſauvages ſont des hommes, & ne ſentent point cette néceſſité là, *ſes emplois lui en impoſent l'obligation.* Ils lui impoſent bien plus ſouvent celle de renoncer à l'étude pour vacquer à ſes devoirs. (*c*) *Ses progrès lui en font goûter le plaiſir.* C'eſt pour cela même qu'il devroit s'en défier. *Ses premieres découvertes augmentent l'avidité qu'il a de ſçavoir.* Cela arrive en effet, à ceux qui ont du talent. *Plus il connoît, plus*

___

(*c*) C'eſt une mauvaiſe marque pour une ſociété, qu'il faille tant de Science dans ceux qui la conduiſent, ſi les hommes étoient ce qu'ils doivent être, ils n'auroient guéres beſoin d'étudier pour apprendre les choſes qu'ils ont à faire.

il sent qu'il a de connoiffances à acquerir; c'eft-à-dire, que l'ufage de tout le tems qu'il perd, eft de l'exciter à en perdre encore davantage : mais il n'y a guéres qu'un petit nombre d'hommes de génie en qui la vuë de leur ignorance fe développe en apprenant, & c'eft pour eux feulement que l'étude peut-être bonne : à peine les petits efprits ont-ils appris quelque chofe qu'ils croient tout fçavoir, & il n'y a forte de fotife que cette perfuafion ne leur faffe dire & faire. *Plus il a de connoiffances acquifes, plus il a de facilité à bien faire.* On voit qu'en parlant ainfi, l'Auteur a bien plus confulté fon cœur qu'il n'a obfervé les hommes.

Il avance encore, qu'il eft bon de connoître le mal pour apprendre à le fuir; & il fait entendre qu'on ne peut s'affurer de fa vertu qu'après l'avoir mife à l'épreuve. Ces maximes font au moins

B iij

douteuses & sujetes à bien des discus-
sions. Il n'est pas certain que pour apprendre à bien faire, on soit obligé de
sçavoir en combien de maniéres on
peut faire le mal. Nous avons un guide
intérieur, bien plus infaillible que tous
les livres, & qui ne nous abandonne
jamais dans le besoin. C'en seroit assez
pour nous conduire innocemment, si
nous voulions l'écouter toûjours ; &
comment seroit-on obligé d'éprouver
ses forces pour s'assurer de sa vertu,
si c'est un des exercices de la vertu de
fuir les occasions du vice ?

L'homme sage est continuellement
sur ses gardes, & se défie toûjours de
ses propres forces : il reserve tout son
courage pour le besoin, & ne s'expose
jamais mal-à-propos. Le fanfaron est
celui qui se vante sans cesse de plus
qu'il ne peut faire, & qui, après avoir
bravé & insulté tout le monde, se laisse

battre à la premiere rencontre. Je demande lequel de ces deux portraits reſſemble le mieux à un Philoſophe aux priſes avec ſes paſſions.

On me reproche d'avoir affecté de prendre chez les anciens, mes exemples de vertu. Il y a bien de l'apparence que j'en aurois trouvé encore davantage, ſi j'avois pû remonter plus haut : j'ai cité auſſi un peuple moderne, & ce n'eſt pas ma faute, ſi je n'en ai trouvé qu'un. On me reproche encore dans une maxime générale des paralleles odieux, où il entre, dit-on, moins de zéle & d'équité que d'envie contre mes compatriotes & d'humeur contre mes contemporains. Cependant, perſonne, peut-être, n'aime autant que moi ſon pays & ſes compatriotes. Au ſurplus, je n'ai qu'un mot à répondre. J'ai dit mes raiſons & ce ſont elles qu'il faut peſer. Quant à mes

B iv

intentions, il en faut laiſſer le jugement à celui-là ſeul auquel il appartient.

Je ne dois point paſſer ici ſous ſilence une objection conſidérable qui m'a déja été faite par un Philoſophe : * *N'eſt-ce point*, me dit-on ici, *au climat, au tempéramment, au manque d'occaſion, au défaut d'objet, à l'œconomie du gouvernement, aux Coûtumes, aux Loix, à toute autre cauſe qu'aux Sciences qu'on doit attribuer cette différence qu'on remarque quelquefois dans les mœurs en différens pays & en différens tems ?*

Cette queſtion renferme de grandes vuës & demanderoit des éclairciſſemens trop étendus pour convenir à cet écrit. D'ailleurs, il s'agiroit d'examiner les relations très-cachées, mais très-réelles qui ſe trouvent entre la nature du gouvernement, & le génie, les

* Préf. de l'Encycl.

mœurs & les connoiffances des citoyens ; & ceci me jetteroit dans des
difcuffions délicates , qui me pour-
roienr mener trop loin. De plus, il
me feroit bien difficile de parler de
gouvernement, fans donner trop beau
je 1 à mon Adverfaire ; & tout bien
pefé , ce font des recherches bonnes
à faire à Genêve , & dans d'autres cir-
conftances.

Je paffe à une accufation bien plus
grave que l'objeftion précédente. Je
la tranfcrirai dans fes propres termes;
car il eft important de la mettre fidé-
lement fous les yeux du Leĉteur.

Plus le Chrétien examine l'autenticité
de fes Titres, plus il fe raffure dans la pof-
feffion de fa croyance; plus il étudie la revé-
lation, plus il fe fortifie dans la foi : C'eft
dans les divines Ecritures qu'il en décou-
vre l'origine & l'excellence ; c'eft dans les
doĉtes écrits des Peres de l'Eglife , qu'il

en suit de siécle en siécle le developpement ;
c'est dans les Livres de morale & les an-
nales saintes, qu'il en voit les exemples &
qu'il s'en fait l'application.

Quoi ! l'ignorance enlevera à la Religion & à la vertu des appuis si puissans !
& ce sera à elle qu'un Docteur de Genêve
enseignera hautement qu'on doit l'irrégu-
larité des mœurs ! On s'étonneroit davantage d'entendre un si étrange paradoxe,
si on ne sçavoit que la singularité d'un sys-
tême, quelque dangereux qu'il soit, n'est
qu'une raison de plus pour qui n'a pour
régle que l'esprit particulier.

J'ose le demander à l'Auteur ; comment a-t'il pû jamais donner une pa-
reille interprétation aux principes que
j'ai établis ? Comment a-t'il pû m'ac-
cuser de blâmer l'étude de la Religion,
moi qui blâme sur-tout l'étude de nos
vaines Sciences, parce qu'elle nous
détourne de celle de nos devoirs ? &

qu'eſt-ce que l'étude des devoirs du Chrétien, ſinon celle de ſa Religion même ?

Sans doute j'aurois dû blâmer expreſſément toutes ces puériles ſubtilités de la Scholaſtique, avec leſquelles, ſous prétexte d'éclaircir les principes de la Religion, on en anéantit l'eſprit en ſubſtituant l'orgueil ſcientifique à l'humilité chrétienne. J'aurois dû m'élever avec plus de force contre ces Miniſtres indiſcrets, qui les premiers ont oſé porter les mains à l'Arche, pour étayer avec leur foible ſçavoir un édifice ſoûtenu par la main de Dieu. J'aurois dû m'indigner contre ces hommes frivoles, qui par leurs miſérables pointilleries, ont avili la ſublime ſimplicité de l'Evangile, & réduit en ſyllogiſmes la doctrine de Jeſus-Chriſt. Mais il s'agit aujourd'hui de me défendre, & non d'attaquer.

Je vois que c'eſt par l'hiſtoire & les faits qu'il faudroit terminer cette diſpute. Si je ſçavois expoſer en peu de mots ce que les Sciences & la Religion ont eu de commun dès le commencement, peut-être cela ſerviroit-il à décider la queſtion ſur ce point.

Le Peuple que Dieu s'étoit choiſi, n'a jamais cultivé les Sciences, & on ne lui en a jamais conſeillé l'étude; cependant, ſi cette étude étoit bonne à quelque choſe, il en auroit eu plus beſoin qu'un autre. Au contraire, ſes Chefs firent toûjours leurs efforts pour le tenir ſéparé autant qu'il étoit poſſible des Nations idolâtres & ſçavantes qui l'environnoient. Précaution moins néceſſaire pour lui d'un côté que de l'autre; car ce Peuple foible & groſſier, étoit bien plus aiſé à ſéduire par les fourberies des Prêtres de Bahal, que par les Sophiſmes des Philoſophes.

Après des difperfions fréquentes
parmi les Egyptiens & les Grecs, la
Science eut encore mille peines à ger-
mer dans les têtes des Hébreux. Jo-
feph & Philon , qui par tout ailleurs
n'auroient été que deux hommes médiocres , furent des prodiges parmi
eux. Les Saducéens , reconnoiffables
à leur irréligion , furent les Philofophes de Jérufalem ; les Pharifiens ,
grands hipocrites , en furent les Docteurs. (*d*) Ceux-ci , quoi qu'ils bornaf-
fent à peu près leur Science à l'étude

(*d*) On voyoit regner entre ces deux partis , cette
haine & ce mépris réciproque qui regnerent de
tous tems entre les Docteurs & les Philofophes ;
c'eft-à-dire , entre ceux qui font de leur tête un
répertoire de la Science d'autrui , & ceux qui fe
piquent d'en avoir une à eux. Mettez aux prifes le
maître de mufique & le maître à danfer du Bour-
geois Gentilhomme , vous aurez l'antiquaire & le
bel efprit ; le Chymifte & l'Homme de Lettres ; le
Jurifconfulte & le Médecin ; le Géometre & le
Verfificateur ; le Théologien & le Philofophe ;
pour bien juger de tous ces Gens-là , il fuffit de
s'en rapporter à eux-mêmes , & d'écouter ce que
chacun vous dit , non de foi , mais des autres.

de la Loi, faiſoient cette étude avec tout le faſte & toute la ſuffiſance dogmatique ; ils obſervoient auſſi avec un très-grand ſoin toutes les pratiques de la Religion ; mais l'Evangile nous apprend l'eſprit de cette exactitude, & le cas qu'il en faloit faire : au ſurplus, ils avoient tous très-peu de Science & beaucoup d'orgüeil ; & ce n'eſt pas en cela qu'ils différoient le plus de nos Docteurs d'aujourd'hui.

Dans l'établiſſement de la nouvelle Loi, ce ne fut point à des Sçavans que Jeſus-Chriſt voulut confier ſa doctrine & ſon miniſtere. Il ſuivit dans ſon choix la prédilection qu'il a montrée en toute occaſion pour les petits & les ſimples. Et dans les inſtructions qu'il donnoit à ſes diſciples, on ne voit pas un mot d'étude ni de Science, ſi ce n'eſt pour marquer le mépris qu'il faiſoit de tout cela.

Après la mort de Jefus-Chrift, douze pauvres pêcheurs & artifans entreprirent d'inftruire & de convertir le monde. Leur méthode étoit fimple ; ils prêchoient fans Art, mais avec un cœur pénetré, & de tous les miracles dont Dieu honoroit leur foi ; le plus frappant étoit la fainteté de leur vie ; leurs difciples fuivirent cet exemple, & le fuccès fut prodigieux. Les Prêtres Payens allarmés firent entendre aux Princes que l'état étoit perdu parce que les offrandes diminuoient. Les perfécutions s'éleverent, & les perfécuteurs ne firent qu'accélerer les progrès de cette Religion qu'ils vouloient étouffer. Tous les Chrétiens couroient au martyre, tous les Peuples couroient au Baptême : l'hiftoire de ces premiers tems eft un prodige continuel.

Cependant les Prêtres des idoles, non contens de perfécuter les Chrétiens, ſe mirent à les calomnier; les Philoſophes, qui ne trouvoient pas leur compte dans une Religion qui prêche l'humilité, ſe joignirent à leurs Prêtres. Les railleries & les injures pleuvoient de toutes parts ſur la nouvelle Secte. Il falut prendre la plume pour ſe défendre. Saint Juſtin Martyr *(e)*

(e) Ces premiers écrivains qui ſcelloient de leur ſang le témoignage de leur plume, ſeroient aujourd'hui des Auteurs bien ſcandaleux; car ils ſoûtenoient préciſément le même ſentiment que moi. Saint Juſtin dans ſon entretien avec Triphon, paſſe en revuë les diverſes Sectes de Philoſophie dont il avoit autrefois eſſayé, & les rend ſi ridicules qu'on croiroit lire un Dialogue de Lucien : auſſi voit-on dans l'Apologie de Tertullien, combien les premiers Chrétiens ſe tenoient offenſés d'être pris pour des Philoſophes.

Ce ſeroit, en effet, un détail bien flétriſſant pour la Philoſophie, que l'expoſition des maximes pernicieuſes, & des dogmes impies de ſes diverſes Sectes. Les Epicuriens nioient toute providence, les Académiciens doutoient de l'exiſtence de la Divinité, & les Stoïciens de l'immortalité de l'ame. Les Sectes moins célebres n'avoient pas de meilleurs ſentimens; en voici un échantillon dans ceux de Théodore, chef d'une des deux branches des Cyrenaïques, rapporté par Diogéne Laerce. *Suſtulit amicitiam quòd ea nequè inſipientibus neque ſapientibus adſit. ... Probabile dicebat prudentem virum non ſeipſum pro patria*

écrivit

écrivit le premier l'Apologie de sa foi.

periculis exponere, neque enim pro insipientium com-
modis amittendam esse prudentiam. Furto quoque &
adulterio & sacrilegio cum tempestivum erit daturum
operam sapientem. Nihil quippe horum turpe naturâ
esse. Sed auferatur de hisce vulgaris opinio, quæ è
stultorum imperitorumque plebeculâ conflata est.... sa-
pientem publicè absque ullo pudore ac suspicione scortis
congressurum.

Ces opinions sont particulieres, je le sçais; mais
y a-t'il une seule de toutes les Sectes qui ne soit
tombée dans quelque erreur dangereuse; & que di-
rons-nous de la distinction des deux doctrines si
avidement reçuë de tous les Philosophes, & par laquelle ils professoient en secret des sentimens contraires à ceux qu'ils enseignoient publiquement?
Pythagore fut le premier qui fit usage de la doctrine intérieure; il ne la découvroit à ses disciples
qu'après de longues épreuves & avec le plus grand
mystere; il leur donnoit en secret des leçons d'A-
théisme, & offroit solemnellement des Hécatom-
bes à Jupiter. Les Philosophes se trouverent si bien
de cette méthode, qu'elle se répandit rapidement dans
la Grece, & de-là dans Rome; comme on le voit
par les ouvrages de Cicéron, qui se moquoit avec
ses amis des Dieux immortels, qu'il attestoit avec
tant d'emphase sur la Tribune aux harangues.

La doctrine intérieure n'a point été portée d'Europe à la Chine; mais elle y est née aussi avec la
Philosophie; & c'est à elle que les Chinois sont re-
devables de cette foule d'Athées ou de Philosophes
qu'ils ont parmi eux. L'Histoire de cette fatale doctrine, faite par un homme instruit & sincére, seroit
un terrible coup porté à la Philosophie ancienne
& moderne. Mais la Philosophie bravera toûjours
la raison, la vérité, & le tems même; parce qu'elle

C

On attaqua les Payens à leur tour; les attaquer c'étoit les vaincre; les premiers succès encouragerent d'autres écrivains : sous prétexte d'exposer la turpitude du Paganisme, on se jetta dans la mythologie & dans l'érudition; (f) on voulut montrer de la Science & du bel esprit, les Livres parurent en foule, & les mœurs commencerent à se relâcher.

Bien-tôt on ne se contenta plus de la simplicité de l'Evangile & de la foi des Apôtres, il falut toûjours avoir plus d'esprit que ses prédécesseurs. On subtilisa sur tous les dogmes; chacun voulut soûtenir son opinion, per-

a sa source dans l'orgueil humain, plus fort que toutes ces choses.

(f) On a fait de justes reproches à Clément d'Alexandrie, d'avoir affecté dans ses écrits une érudition profane, peu convenable à un Chrétien. Cependant, il semble qu'on étoit excusable alors de s'instruire de la doctrine contre laquelle on avoit à se défendre. Mais qui pourroit voir sans rire toutes les peines que se donnent aujourd'hui nos Sçavans pour éclaircir les réveries de la mythologie?

fonne ne voulut céder. L'ambition d'ê-
tre Chef de Secte fe fit entendre, les
héréfies pullulerent de toutes parts.

L'emportement & la violence ne
tarderent pas à fe joindre à la difpute.
Ces Chrétiens fi doux, qui ne fçavoient
que tendre la gorge aux coûteaux, de-
vinrent entr'eux des perfécuteurs fu-
rieux pires que les idolâtres: tous trem-
perent dans les mêmes excès, & le
parti de la vérité ne fut pas foûtenu
avec plus de modération que celui de
l'erreur.

Un autre mal encore plus dangereux naquit de la même fource. C'eft
l'introduction de l'ancienne Philofophie dans la doctrine Chrétienne. A
force d'étudier les Philofophes Grecs,
on crut y voir des rapports avec le
Chriftianifme. On ofa croire que la
Religion en deviendroit plus refpecta-
ble, revêtuë de l'autorité de la Philo-

ſophie ; il fut un tems où il faloit être Platonicien pour être Orthodoxe ; & peu s'en falut que Platon d'abord, & enſuite Ariſtote ne fut placé ſur l'Autel à côté de Jeſus-Chriſt.

L'Egliſe s'éleva plus d'une fois contre ces abus. Ses plus illuſtres défenſeurs les déplorerent ſouvent en termes pleins de force & d'énergie : ſouvent ils tenterent d'en bannir toute cette Science mondaine, qui en ſouilloit la pureté. Un des plus illuſtres Papes en vint même juſqu'à cet excès de zéle de ſoûtenir que c'étoit une choſe honteuſe d'aſſervir la parole de Dieu aux régles de la Grammaire.

Mais ils eurent beau crier ; entraînés par le torrent, ils furent contraints de ſe conformer eux-mêmes à l'uſage qu'ils condamnoient ; & ce fut d'une maniére très-ſçavante, que la plûpart d'entre eux déclamerent contre le progrès des Sciences.

Après de longues agitations, les choses prirent enfin, une affiete plus fixe. Vers le dixiéme fiécle, le flambeau des Sciences ceffa d'éclairer la terre; le Clergé demeura plongé dans une ignorance, que je ne veux pas juftifier, puifqu'elle ne tomboit pas moins fur les chofes qu'il doit fçavoir que fur celles qui lui font inutiles, mais à laquelle l'Eglife gagna du moins un peu plus de repos qu'elle n'en avoit éprouvé jufques-là.

Après la renaiffance des Lettres, les divifions ne tarderent pas à recommencer plus terribles que jamais. De fçavans Hommes émurent la querelle, de fçavans Hommes la foûtinrent, & les plus capables fe montrerent toûjours les plus obftinés. C'eft en vain qu'on établit des conférences entre les Docteurs des différens partis : aucun n'y portoit l'amour de la réconcilia-

tion, ni peut-être celui de la vérité; tous n'y portoient que le désir de
briller aux dépens de leur Adversaire;
chacun vouloit vaincre, nul ne vouloit s'instruire; le plus fort imposoit
silence au plus foible; la dispute se
terminoit toûjours par des injures, &
la persécution en a toûjours été le fruit.
Dieu seul sçait quand tous ces maux
finiront.

Les Sciences sont florissantes aujour-
d'hui, la Littérature & les Arts brillent
parmi nous; quel profit en a tiré la Religion? Demandons-le à cette multi-
tude de Philosophes qui se piquent de
n'en point avoir. Nos Bibliothéques
regorgent de Livres de Théologie; &
les Casuistes fourmillent parmi nous.
Autrefois nous avions des Saints &
point de Casuistes. La Science s'étend
& la foi s'anéantit. Tout le monde veut
enseigner à bien faire, & personne ne

veut l'apprendre ; nous sommes tous devenus Docteurs, & nous avons cessé d'être Chrétiens.

Non, ce n'est point avec tant d'Art & d'appareil que l'Evangile s'est étendu par tout l'Univers, & que sa beauté ravissante a pénétré les cœurs. Ce divin Livre, le seul nécessaire à un Chrétien, & le plus utile de tous à quiconque même ne le seroit pas, n'a besoin que d'être médité pour porter dans l'ame l'amour de son Auteur, & la volonté d'accomplir ses préceptes. Jamais la vertu n'a parlé un si doux langage ; jamais la plus profonde sagesse ne s'est exprimée avec tant d'énergie & de simplicité. On n'en quitte point la lecture sans se sentir meilleur qu'auparavant. O vous, Ministres de la Loi qui m'y est annoncée, donnez-vous moins de peine pour m'instruire de tant de choses inutiles. Laissez-là tous ces Livres

Sçavans, qui ne sçavent ni me con-
vaincre, ni me toucher. Prosternez-
vous au pied de ce Dieu de miséri-
corde, que vous vous chargez de me
faire connoître & aimer ; demandez-
lui pour vous cette humilité profonde que vous devez me prêcher.
N'étalez point à mes yeux cette Science orgueilleuse, ni ce faste indécent
qui vous déshonorent & qui me révol-
tent ; soyez touchés vous-mêmes, si
vous voulez que je le sois ; & sur tout,
montrez-moi dans votre conduite la
pratique de cette Loi dont vous pré-
tendez m'instruire. Vous n'avez pas
besoin d'en sçavoir, ni de m'en enseigner davantage, & votre ministere est
accompli. Il n'est point en tout cela
question de belles Lettres, ni de Philosophie. C'est ainsi qu'il convient de
suivre & de prêcher l'Evangile, &
c'est ainsi que ses premiers défenseurs

l'ont fait triompher de toutes les Nations, *non Ariſtotelico more*, diſoient
les Peres de l'Egliſe, *ſed Piſcatorio.*

Je ſens que je deviens long, mais
j'ai crû ne pouvoir me diſpenſer de
m'étendre un peu ſur un point de l'im-
portance de celui-ci. De plus, les Lec-
teurs impatiens doivent faire réfléxion
que c'eſt une choſe bien commode que
la critique; car où l'on attaque avec
un mot, il faut des pages pour ſe défendre.

Je paſſe à la deuxiéme partie de la
Réponſe, ſur laquelle je tâcherai d'ê-
tre plus court, quoique je n'y trouve
guéres moins d'obſervations à faire.

Ce n'eſt pas des Sciences, me dit-on,
*c'eſt du ſein des richeſſes que ſont nés de
tout tems la moleſſe & le luxe.* Je n'avois
pas dit non plus, que le luxe fut né des
Sciences; mais qu'ils étoient nés en-
ſemble & que l'un n'alloit guéres ſans

l'autre. Voici comment j'arrangerois cette généalogie. La premiére source du mal eſt l'inégalité ; de l'inégalité ſont venuës les richeſſes ; car ces mots de pauvre & de riche ſont relatifs, & par tout où les hommes ſeront égaux, il n'y aura ni riches ni pauvres. Des richeſſes ſont nés le luxe & l'oiſiveté ; du luxe ſont venus les beaux Arts, & de l'oiſiveté les Sciences. *Dans aucun tems les richeſſes n'ont été l'appanage des Sçavans.* C'eſt en cela même que le mal eſt plus grand, les riches & les ſçavans ne ſervent qu'à ſe corrompre mutuellement. Si les riches étoient plus ſçavans, ou que les ſçavans fuſſent plus riches ; les uns ſeroient de moins lâches flateurs ; les autres aime-roient moins la baſſe flaterie, & tous en vaudroient mieux. C'eſt ce qui peut ſe voir par le petit nombre de ceux qui ont le bonheur d'être ſçavans &

riches tout à la fois. *Pour un Platon dans l'opulence, pour un Ariftippe accrédité à la Cour, combien de Philofophes réduits au manteau & à la beface, enveloppés dans leur propre vertu & ignorés dans leur folitude?* Je ne difconviens pas qu'il n'y ait un grand nombre de Philofophes très - pauvres, & sûrement très-fâchés de l'être : je ne doute pas non plus que ce ne foit à leur feule pauvreté, que la plûpart d'entre eux doivent leur Philofophie : mais quand je voudrois bien les fuppofer vertueux, feroit-ce fur leurs mœurs que le peuple ne voit point, qu'il apprendroit à réformer les fiennes ? *Les Sçavans n'ont ni le goût, ni le loifir d'amaffer de grands biens.* Je confens à croire qu'ils n'en ont pas le loifir. *Ils aiment l'étude.* Celui qui n'aimeroit pas fon métier, feroit un homme bien fou, ou bien miférable. *Ils vivent dans la médiocrité* ; il faut

être extrêmement disposé en leur faveur pour leur en faire un mérite. *Une*
vie laborieuse & moderée , passée dans le
silence de la retraite , occupée de la lecture
& du travail , n'est pas assurement une
vie voluptueuse & criminelle. Non pas
du moins aux yeux des hommes : tout
dépend de l'intérieur. Un homme peut-
être contraint à mener une telle vie ,
& avoir pourtant l'ame très - corrom-
puë ; d'ailleurs qu'importe qu'il soit lui-
même vertueux & modeste , si les tra-
vaux dont il s'occupe , nourrissent l'oi-
siveté & gâtent l'esprit de ses conci-
toyens ? *Les commodités de la vie pour*
être souvent le fruit des Arts , n'en sont
pas davantage le partage des Artistes. Il
ne me paroît guéres qu'ils soient gens
à se les refuser ; sur tout ceux qui s'oc-
cupant d'Arts tout-à-fait inutiles & par
conséquent très - lucratifs , sont plus
en état de se procurer tout ce qu'ils

defirent. *Ils ne travaillent que pour les riches.* Au train que prennent les cho-fes , je ne ferois pas étonné de voir quelque jour les riches travailler pour eux. *Et ce font les riches oififs qui pro-fitent & abufent des fruits de leur induf-trie.* Encore une fois , je ne vois point que nos Artiftes foient des gens fi fim-ples & fi modeftes ; le luxe ne fçauroit regner dans un ordre de Citoyens, qu'il ne fe gliffe bien-tôt parmi tous les au-tres fous différentes modifications , & par tout il fait le même ravage.

Le luxe corrompt tout ; & le riche qui en joüit , & le miférable qui le con-voite. On ne fçauroit dire que ce foit un mal en foi de porter des man-chetes de point , un habit brodé , & une boëte émaillée. Mais c'en eft un très-grand de faire quelque cas de ces colifichets , d'eftimer heureux le peu-ple qui les porte , & de confacrer à fe

mettre en état d'en acquérir de semblables, un tems & des soins que tout
homme doit à de plus nobles objets.
Je n'ai pas besoin d'apprendre quel est
le métier de celui qui s'occupe de
telles vuës, pour sçavoir le jugement
que je dois porter de lui.

J'ai passé le beau portrait qu'on nous
fait ici des Sçavans, & je crois pouvoir me faire un mérite de cette com-
plaisance. Mon Adversaire est moins
indulgent : non-seulement il ne m'accorde rien qu'il puisse me refuser ;
mais plutôt que de passer condamna-
tion sur le mal que je pense de notre
vaine & fausse politesse, il aime mieux
excuser l'hypocrisie. Il me demande si
je voudrois que le vice se montrât à
découvert ? Assurément je le voudrois.
La confiance & l'estime renaîtroient entre les bons, on apprendroit à se défier
des méchans, & la société en seroit plus

sûre. J'aime mieux que mon ennemi
m'attaque à force ouverte , que de
venir en trahison me frapper par der-
riére. Quoi donc ! faudra-t'il joindre le
scandale au crime ? Je ne sçais ; mais
je voudrois bien qu'on n'y joignît pas
la fourberie. C'est une chose très commode pour les vicieux que toutes les
maximes qu'on nous débite depuis
long-tems sur le scandale : si on les
vouloit suivre à la rigueur, il faudroit
se laisser piller , trahir, tuer impunément & ne jamais punir personne ; car
c'est un objet très-scandaleux , qu'un
scélerat sur la rouë. Mais l'hypocrisie
est un hommage que le vice rend à la
vertu ? Oui , comme celui des assas-
sins de Cesar , qui se prosternoit à ses
pieds pour l'égorger plus sûrement.
Cette pensée a beau être brillante,
elle a beau être autorisée du nom cé-
lebre de son Auteur, elle n'en est pas

plus juſte. Dira-t'on jamais d'un filou,
qui prend la livrée d'une maiſon pour
faire ſon coup plus commodément,
qu'il rend hommage au maître de la
maiſon qu'il vole ? Non, couvrir ſa
méchanceté du dangereux manteau
de l'hypocriſie, ce n'eſt point honorer
la vertu ; c'eſt l'outrager en profanant
ſes enſeignes ; c'eſt ajoûter la lâcheté
& la fourberie à tous les autres vices ;
c'eſt ſe fermer pour jamais tout retour
vers la probité. Il y a des caractéres
élevés qui portent juſques dans le
crime je ne ſçai quoi de fier & de gé-
néreux, qui laiſſe voir au dedans encore
quelque étincelle de ce feu céleſte fait
pour animer les belles ames. Mais l'a-
me vile & rempante de l'hypocrite eſt
ſemblable à un cadavre, où l'on ne
trouve plus ni feu, ni chaleur, ni reſ-
ſource à la vie. J'en appelle à l'expé-
rience. On a vû de grands ſcélerats

rentrer

rentrer en eux-mêmes , achever fain-
tement leur carriére & mourir en pré-
deftinés. Mais ce que perfonne n'a jamais vû, c'eft un hypocrite devenir
homme de bien ; on auroit pû raifon-
nablement tenter la converfion de Car-
touche , jamais un homme fage n'eut
entrepris celle de Cromwel.

J'ai attribué au rétabliffement des
Lettres & des Arts , l'élégance & la
politeffe qui regnent dans nos maniéres. L'Auteur de la Réponfe me le
difpute , & j'en fuis étonné : car puifqu'il fait tant de cas de la politeffe , &
qu'il fait tant de cas des Sciences, je
n'apperçois pas l'avantage qui lui re-
viendra d'ôter à l'une de ces chofes
l'honneur d'avoir produit l'autre. Mais
examinons fes preuves : elles fe rédui-
fent à ceci. *On ne voit point que les Sça-*
vans foient plus polis que les autres hom-
mes ; au contraire , ils le font fouvent

*beaucoup moins ; donc notre politesse n'est
pas l'ouvrage des Sciences.*

Je remarquerai d'abord qu'il s'agit
moins ici de Sciences que de Littérature, de beaux Arts & d'ouvrages de
goût ; & nos beaux esprits, aussi peu
Sçavans qu'on voudra, mais si polis,
si répandus, si brillans, si petits maîtres, se reconnoîtront difficilement à
l'air maussade & pédantesque que l'Auteur de la Réponse leur veut donner.
Mais passons-lui cet antécédent ; ac-
cordons, s'il le faut, que les Sçavans,
les Poëtes & les beaux esprits sont tous
également ridicules ; que Messieurs de
l'Académie des Belles-Lettres, Messieurs de l'Académie des Sciences,
Messieurs de l'Académie Françoise,
sont des gens grossiers, qui ne con-
noissent ni le ton, ni les usages du
monde, & exclus par état de la bonne
compagnie ; l'Auteur gagnera peu de

chofe à cela, & n'en fera pas plus en droit de nier que la politeffe & l'urbanité qui regnent parmi nous foient l'effet du bon goût, puifé d'abord chez les anciens & répandu parmi les peuples de l'Europe par les Livres agréables qu'on y publie de toutes parts. (g) Comme les meilleurs maîtres à danfer, ne font pas toûjours les gens qui fe préfentent le mieux, on peut donner

(g) Quand il eft queftion d'objets auffi généraux que les mœurs & les maniéres d'un peuple, il faut prendre garde de ne pas toûjours retrécir fes vûes, fur des exemples particuliers. Ce feroit le moyen de ne jamais appercevoir les fources des chofes. Pour fçavoir fi j'ai raifon d'attribuer la politeffe à la culture des Lettres, il ne faut pas chercher fi un Sçavant ou un autre font des gens polis, mais il faut examiner les rapports qui peuvent être entre la littérature & la politeffe, & voir enfuite quels font les peuples chez lefquels ces chofes fe font trouvées réunies ou féparées. J'en dis autant du luxe, de la liberté, & de toutes les autres chofes qui influent fur les mœurs d'une Nation, & fur lefquelles j'entens faire chaque jour tant de pitoyables raifonnemens : Examiner tout cela en petit & fur quelques individus, ce n'eft pas Philofopher, c'eft perdre fon tems & fes réflexions ; car on peut connoître à fond Pierre ou Jacques, & avoir fait très-peu de progrès dans la connoiffance des hommes.

D ij

de très-bonnes leçons de politeſſe ;
ſans vouloir ou pouvoir être fort poli
ſoi-même. Ces peſans Commentateurs
qu'on nous dit qui connoiſſoient tout
dans les anciens, hors la grace & la
fineſſe, n'ont pas laiſſé, par leurs ouvrages utiles, quoique mépriſés, de
nous apprendre à ſentir ces beautés
qu'ils ne ſentoient point. Il en eſt de
même de cet agrément du commerce,
& de cette élégance de mœurs qu'on
ſubſtituë à leur pureté, & qui s'eſt
fait remarquer chez tous les peuples
où les Lettres ont été en honneur; à
Athénes, à Rome, à la Chine, par
tout on a vû la politeſſe & du langage
& des maniéres accompagner toûjours, non les Sçavans & les Artiſtes,
mais les Sciences & les beaux Arts.

L'Auteur attaque en ſuite les loüanges que j'ai données à l'ignorance : &
me taxant d'avoir parlé plus en Ora-

teur qu'en Philofophe, il peint l'ignorance à fon tour ; & l'on peut bien fe
douter qu'il ne lui prête pas de belles
couleurs.

Je ne nie point qu'il ait raifon, mais
je ne crois pas avoir tort. Il ne faut
qu'une diftinction très - jufte & très-
vraie, pour nous concilier.

Il y a une ignorance féroce (*h*) &
brutale, qui nait d'un mauvais cœur
& d'un efprit faux ; une ignorance criminelle qui s'étend jufqu'aux devoirs
de l'humanité ; qui multiplie les vices ;
qui dégrade la raifon, avilit l'ame &

(*h*) Je ferai fort étonné, fi quelqu'un de mes cri-
tiques ne part de l'éloge que j'ai fait de plufieurs
peuples ignorans & vertueux, pour m'oppofer la
lifte de toutes les troupes de Brigands qui ont
infecté la terre, & qui pour l'ordinaire n'étoient
pas de fort Sçavans hommes. Je les exhorte d'a-
vance, à ne pas fe fatiguer à cette recherche, à
moins qu'ils ne l'eftiment néceffaire pour montrer
de l'érudition. Si j'avois dit qu'il fuffit d'être igno-
rant pour être vertueux ; ce ne feroit pas la peine
de me répondre ; & par la même raifon, je me
croirai très-difpenfé de répondre moi-même à ceux
qui perdront leur tems à me foûtenir le contraire.

rend les hommes semblables aux bê-
tes : cette ignorance est celle que
l'Auteur attaque , & dont il fait un
portrait fort odieux & fort ressemblant.
Il y a une autre sorte d'ignorance rai-
sonnable, qui consiste à borner sa curiosité à l'étenduë des facultés qu'on a
reçuës ; une ignorance modeste, qui
nait d'un vif amour pour la vertu, &
n'inspire qu'indifférence sur toutes les
choses qui ne sont point dignes de
remplir le cœur de l'homme, & qui
ne contribuent point à le rendre meilleur ; une douce & précieuse ignorance, trésor d'une ame pure & con-
tente de soi, qui met toute sa félicité
à se replier sur elle-même, à se rendre
témoignage de son innocence, & n'a
pas besoin de chercher un faux & vain
bonheur dans l'opinion que les autres
pourroient avoir de ses lumiéres : Voilà
l'ignorance que j'ai louée, & celle que

je demande au Ciel en punition du scandale que j'ai causé aux doctes, par mon mépris déclaré pour les Sciences humaines.

Que l'on compare, dit l'Auteur, *à ces tems d'ignorance & de barbarie, ces siécles heureux où les Sciences ont répandu par tout l'esprit d'ordre & de justice.* Ces siécles heureux seront difficiles à trouver; mais on en trouvera plus aisément où, grace aux Sciences, *Ordre* & *Justice* ne seront plus que de vains noms faits pour en imposer au peuple, & où l'apparence en aura été conservée avec soin, pour les détruire en effet plus impunément. *On voit de nos jours des guerres moins fréquentes, mais plus justes;* en quelque tems que ce soit, comment la guerre pourra-t'elle être plus juste dans l'un des partis, sans être plus injuste dans l'autre? Je ne sçaurois concevoir cela! *Des actions moins éton-*

nantes, *mais plus héroïques.* Personne
assûrement ne disputera à mon Adversaire le droit de juger de l'héroïsme;
mais pense-t'il que ce qui n'est point
étonnant pour lui, ne le soit pas
pour nous ? *Des victoires moins san-*
glantes, mais plus glorieuses; des Con-
quêtes moins rapides, mais plus assu-
rées; des guerriers moins violens, mais
plus redoutés; sçachant vaincre avec
modération, traitant les vaincus avec
humanité; l'honneur est leur guide, la
gloire leur récompense. Je ne nie pas
à l'Auteur qu'il y ait de grands hommes parmi nous, il lui seroit trop aisé
d'en fournir la preuve; ce qui n'em-
pêche point que les peuples ne soient
très-corrompus. Au reste, ces choses
sont si vagues qu'on pourroit presque
les dire de tous les âges; & il est im-
possible d'y répondre, parce qu'il faudroit feuilleter des Bibliothéques &

faire des infolio pour établir des preuves pour ou contre.

Quand Socrate a maltraité les Sciences, il n'a pû, ce me semble, avoir en vuë, ni l'orgueil des Stoïciens, ni la mollesse des Epicuriens, ni l'absurde jargon des Pyrrhoniens, parce qu'aucun de tous ces gens-là n'existoit de son tems. Mais ce léger anacronisme n'est point messéant à mon Adversaire : il a mieux employé sa vie qu'à vérifier des dates, & n'est pas plus obligé de sçavoir par cœur son Diogene-Laërce, que moi d'avoir vû de près ce qui se passe dans les combats.

Je conviens donc, que Socrate n'a songé qu'à relever les vices des Philosophes de son tems : mais je ne sçais qu'en conclure, sinon que dès ce temslà les vices pulluloient avec les Philosophes. A cela on me répond que c'est l'abus de la Philosophie, & je ne penſe pas avoir dit le contraire. Quoi! faut-il donc ſupprimer toutes les cho-ſes dont on abuſe? Oüi ſans doute, répondrai-je ſans balancer : toutes celles qui ſont inutiles ; toutes celles dont l'abus fait plus de mal que leur uſage ne fait de bien.

Arrêtons-nous un inſtant ſur cette derniére conſéquence, & gardons-nous d'en conclure qu'il faille aujour-d'hui brûler toutes les Bibliothéques & détruire les Univerſités & les Aca-démies. Nous ne ferions que replon-ger l'Europe dans la Barbarie, & les mœurs ni gagneroient rien.* C'eſt avec douleur que je vais prononcer une grande & fatale vérité. Il n'y a qu'un pas du ſçavoir à l'ignorance ; & l'al-

---

* *Les vices nous reſteroient*, dit le Philoſophe que j'ai déja cité, *& nous aurions l'ignorance de plus.* Dans le peu de lignes que cet Auteur a écri-tes ſur ce grand ſujet, on voit qu'il a tourné les yeux de ce côté, & qu'il a vû loin.

ternative de l'un à l'autre eſt fré-
quente chez les Nations ; mais on n'a
jamais vû de peuple une fois cor-
rompu, revenir à la vertu. En vain vous
prétendriez détruire les ſources du
mal ; en vain vous ôteriez les alimens
de la vanité, de l'oiſiveté & du luxe ;
en vain même vous raméneriez les
hommes à cette premiére égalité, con-
ſervatrice de l'innocence & ſource de
toute vertu : leurs cœurs une fois gâ-
tés le feront toûjours ; il n'y a plus de
reméde, à moins de quelque grande
révolution preſque auſſi à craindre que
le mal qu'elle pourroit guérir, & qu'il
eſt blâmable de déſirer & impoſſible
de prévoir.

Laiſſons donc les Sciences & les
Arts adoucir en quelque ſorte la fé-
rocité des hommes qu'ils ont corrom-
pus ; cherchons à faire une diverſion
ſage, & tâchons de donner le change

à leurs paſſions. Offrons quelques alimens à ces Tygres, afin qu'ils ne de-
vorent pas nos enfans. Les lumiéres
du méchant ſont encore moins à craindre que ſa brutale ſtupidité; elles le
rendent au moins plus circonſpect ſur
le mal qu'il pourroit faire, par la con-
noiſſance de celui qu'il en recevroit
lui-même.

J'ai loüé les Académies & leurs illuſtres fondateurs, & j'en répéterai
volontiers l'éloge. Quand le mal eſt
incurable, le Médecin applique des
palliatifs, & proportionne les remédes,
moins aux beſoins qu'au tempéramment du malade. C'eſt aux ſages lé-
giſlateurs d'imiter ſa prudence; &, ne
pouvant plus approprier aux Peuples
malades, la plus excellente police,
de leur donner du moins, comme So-
lon, la meilleure qu'ils puiſſent com-
porter.

Il y a en Europe un grand Prince, & ce qui eſt bien plus, un vertueux Citoyen, qui dans la patrie qu'il a adoptée & qu'il rend heureuſe, vient de former pluſieurs inſtitutions en faveur des Lettres. Il a fait en cela une choſe très-digne de ſa ſageſſe & de ſa vertu. Quand il eſt queſtion d'établiſſement politiques, c'eſt le tems & le lieu qui décident de tout. Il faut pour leurs propres intérêts que les Princes favoriſent toûjours les Sciences & les Arts; j'en ai dit la raiſon : & dans l'état préſent des choſes, il faut encore qu'ils les favoriſent aujourd'hui pour l'intérêt même des Peuples. S'il y avoit actuellement parmi nous quelque Monarque aſſez borné pour penſer & agir différemment, ſes ſujets reſteroient pauvres & ignorans, & n'en feroient pas moins vicieux. Mon Adverſaire a négligé de tirer avantage d'un exemple ſi frappant & ſi favorable en apparence à ſa cauſe ; peut-être eſt-il le ſeul qui l'ignore, ou qui n'y ait pas ſongé. Qu'il ſouffre donc qu'on le lui rappelle ; qu'il ne refuſe point à de grandes choſes les éloges qui leur ſont dûs ; qu'il les admire ainſi que nous, & ne s'en tienne pas plus fort contre les vérités qu'il attaque.

F I N.